KB215222

청어詩人選 484

찻잔에
남겨진

느낌

허영화 시집

청어

찻잔에 남겨진 느낌

허영화 시집

시인의 말

사람이 진정한 사랑의 아름다움을 깨닫기까지,
그 지난한 시간들은 절박한 비밀처럼
마음속에 감추어졌다.
인생이라는 깊은 숲속에
미처 자라지 못한 채로 던져지면서
우리는 어느새 사랑을 잃곤 한다.
그럼에도 그 숲에 머무를 수 있는 건,
아직 누군가를 사랑하고 있기 때문이다.

사랑과 사람들로부터 멀어지던 날들엔,
마치 먼 여행길을 나서듯
눈앞의 틈을 비집고
사랑의 가능성을 가만히 들여다보았다.
그 모습은 애처롭고도 가여웠다. 어둠이 짙어질수록
마음은 더욱 거칠게 쏟아지고 생각은 끝없이 재생되었다.
삶이라는 같은 공간에서 마주했던 하나의 점은
이제 잃을 수 없는 별빛이 되었다.

유목민처럼 떠돌던 긴 여정을 끝내고,
이제는 내 인생을 온전히 살아내야 할 시간.
그 시간의 한가운데, 내 마음 깊숙이 다가오는
수많은 짝사랑 같은 것들이
조용히 나를 기다리고 있다.

차례

4   시인의 말

1부   새하얀 아이리스

12   아침의 시
13   모래 흔적처럼
14   인연인가 묻고
15   떠오르는 생각
16   콩나물
17   어쩌자고
18   길을 찾아
19   비 내리고
20   옛날 생각나
22   고향의 맛
24   차가운 등목
26   추억을 띄운 바다
28   여름 농어
29   늦봄, 통도사
30   가슴은 말이야
31   노래의 맛
32   칠십을 넘긴 밤
34   살구
35   그녀는 봄
36   새하얀 아이리스

2부 찻잔에 남겨진 느낌

38   그림을 사냥하는 화가

39   서울을 달리는 지하철

40   노란 넝쿨장미

41   범어사

42   풍다우주(風茶雨酒)

43   모정(母情)

44   여보

45   입하

46   꽃, 양귀비

47   여

48   외양포 포진지

49   아련한 내 모습

50   광안리에서, 봄

52   언덕 위 청담헌

54   싹트는 봄비

55   찻잔에 남겨진 느낌

56   아로새긴 마음

58   전쟁의 아픈 마음을

60   봄날을 물으신다면

61   사랑을 주고 싶은 공작새

62   가녀린 봄밤

63   봄을 기대고

64   가슴 속 우물

3부 햇살 좋은 뜨락에서

66   입춘이 오고

67   깊은 잠

68   햇살 좋은 뜨락에서

69   아늑한 묵은 집에서

70   운명의 친구

72   나의 모습

73   가시 돋친 선인장

74   독감

75   떠나가는 달빛

76   기억, 남은 향기

78   겨울바람

79   제주도의 누운 바다

80   겨울 제주도

81   제주도 달빛

82   한라산 오르며

84   돌아오는 새벽

85   상강

86   가을 고백

87   단풍 연정

88   모순적인 계절

90   유혹하는 커피향

91   그 표정

92   자연의 빛

4부 흰 국화를 놓으며

94 　말 한마디

95 　경청

96 　흰 국화를 놓으며

99 　안개가 내린 하루

100 해운대

102 수줍은 사랑

103 해운대 동백섬

104 부산, 달맞이길

106 라일락

107 시든 목숨

108 꼬막 이야기

110 입동

111 성탄, 그리고 아버지

114 임랑해변의 파도

116 홀로, 원룸

118 부고(訃告)가 오고

120 무늬하루살이

121 솟구치는 후회

122 복수초

123 모든 게 그대로인 봄

124 봄날의 자목련

125 상상의 봄꽃

126 조용히 기다리는 얼굴

1부

새하얀 아이리스

해그늘 따라서
나비가 꽃잎을 뿌리고
꽃잎 속에 사랑뿐,
말없이도 그 자리 짧다

아침의 시

초여름엔
녹빛 하늘 피어나는데

뜬눈에 짝 이루어
날아가는 새
사뭇 눈길 이끌고

난 단지 바라볼 때
잠시 잊고 있던
당신 향한 마음 같아

이 길 따라간
짝지은 들고양이처럼

모래 흔적처럼

기억 속에
초대되어 함께
걷던 바닷가

조그맣게
피어난 들꽃마저
이뻐서 웃었고

무덥고 긴 장마
툭툭 떨어지는
빗소리 들릴 때

한여름 시작되는
외로운 사막
자락에서부터

목마른 기억
빈터에 씨앗
하나 뿌려진다

인연인가 묻고

서늘한 바람이 불면
맺혔던 강물 흐르고

맨살 적시는 굽은 나무
돌아갈 늦은 밤

헤어짐을 아쉬워했을
잊으라는 그 세월

강파른 사람
그림자, 숨 막힐 듯
온몸을 훔치고

한 줌 빛 받기만 해도
지날 바람 잊힌 여름 꿈

가슴속 남아 흘러
샛바람에 흩어진다오

떠오르는 생각

꽃물 드는
초록을 지우고
줄을 매달아
베어 문 바람

한순간 불어,
바르르 치 떠는
포말처럼

겨울 들녘
보송거리는 억새들
너를 휘감고

찬 바람결에
끝없는 흔들림 속,
정들어버린
겨울로 안달나나 보다

콩나물

막연히 기다리던
어둠 속에
하얀 몸 다가왔고
그냥 내버려 두었지

촉촉한 온기 속에
얼굴 부딪히고
숨이 턱턱 막히고
빼곡하게 몰려있어

걱정스러운 마음
수런수런한 마음
감추고, 비 맞은 여인 같아

아무것도 모르고,
측은히 바라보라는
뜻이 아니겠느냐고?

어쩌고

더울 때면
보고픔 하나씩
가슴 깊은 곳에서
퍼르르 떨리는 듯

흘러서 가는
눈빛을 좇아
아픔은 메마른 강물처럼

파고든 세월
흐른들 엷어지고
잊을 수 있을까

안개 내리는 날
지저귀는 고운 소리 들릴 때
새가 날아가 버리고

아무 일 없었던 것처럼
덧없이 잊지 못해,
흠뻑 유혹을 잃었을 뿐

길을 찾아

물속에
마음속에
밑바닥 깊이를
가늠할 겨를도 없이
조용히 보내는 낮,

시선 닿는 길에
흰나비 날아가
걸어간 길보다
넓게 날개 펼쳐진다

비 내리고

온 세상의 모습
환하게 비추던
은빛 사라지고
흰 구름 덧씌운
한가로운 오전 10시

땅이 닿도록
잊지 않고 내리는
빗속을 톡톡
두드리고 걷는다

동네 카페 길
따라가다가
떨리는 비에 젖은
몸, 우산 속으로
맴도는 사람 있다

옛날 생각나

누구나 한 번
숨이 멎도록
애끓었던 순간
바람이 부는 날

놓아버릴 것 같아
놓친 풍선처럼

향기 짙은
카페 창가에 앉아
늪으로 빠져든다

누구나 한 번
사랑하기로 한
울어버린 숨결

칠월 장마가 되면
땅에 비가 젖듯

퇴색되어 잊고
가냘프게 울리는
바이올린 활처럼

떨리던 백일홍,
뜨겁던 시절 새긴다

고향의 맛

여름 더위 속
찰랑대는 바닷가
모래 더 뜨겁고

슬며시 찾아온
미소 느껴지는
내 고향 부산에선

맵싸한 닭고기 요리
자갈치 냄새 밴
납세미 생선조림
싱긋 출렁이며
신이 나서 먹었다

부산 특색 요리
입맛이 되살아나
얼마나 행복한 맛인지

일류 레스토랑 맛이
부럽지 않아,

광안리 바닷가 품고
앉아서 짭조름한 바다 맛
함께 드실래요?

차가운 등목

어렸을 때는
키가 작았지만
회화나무꽃 필 무렵
한번은 꽃을 따려고

나무껍질을
만지작만지작
철없던 조막손
기어코 나무를
움켜쥐고 힘들게
올라갔었다

가닥가닥 붙은
산비탈 가파른
집들을 따라서
밤이 으슥하기 전

돌아오신 아버지
오냐오냐, 종일
힘든 일 없었느냐
깊숙이 숨겨 둔 말
차버리지 못한 말 대신

한여름이면
널찍한 등허리 곡선
다 보이도록
엎드리시면서
찬물 한 바가지 부어
주면 낯설게 좋아하셨다

추억을 띄운 바다

찬비에 젖은
잿빛 바위 긁는 소리
부서져 흩어지고

햇빛 사이로
영롱하게 반짝이는
눈앞에 모든 것
흘러갔지만

오래오래 넌
잔잔하게 일렁이는
그 많은 눈길
마음까지 놓지 못해

일렁이는 파도
다시 돌아오는
삶 끝나는 날까지
기다리는 일

수평선 너머로
먼동이 트는
제자리 여름 바다여,

마음만 솟아오르는
잊고 간 시간
홀로 남겨져 갈지라도

여름 농어

어젯밤 비 맞은
보리수 열매
몰래 붉어져 익어가고

여름 거슬러 온
푸른 6월 농어

어디서 날아온
부드러운 바닷바람
순식간에 감기는 맛

여름 오면
마음은 생각 따라
놓치고 싶지 않은
단내 나는 님 그리워

남겨놓은 대답
스스로에게 묻는다오

늦봄, 통도사

노란빛 햇빛
포근한 바람마저
온몸을 감싸안고
산사 마당으로
몇 해 동안 불어와

목덜미를 휘감고서야
때로는 찾아온 사람
발자취 있겠지요

귓바퀴 맴돌아
바람 때문인가
귓가에 들릴 뿐

돌아서서 삼키면서
가라앉혔던 마음
기다렸을 마음,

비로소 스님의
두드리는 목탁소리
귓전에 들립니다

가슴은 말이야

가슴은 곁에
머물러 있는
오래된 느티나무

쉿,
부서지는 새벽별
보는 순간만이라도
생각할 수 있어 좋은
뜨거운 그대
고운 손길이 닿아 그립다

황홀한 물결 흔적만
주르륵 무지갯빛 남겨져 있다네

노래의 맛

떠나지 않고 들려오는
뿌리 내리려는 노래를 뽑아
그러나 숏커트를 한 이후로
시크하고 스마트한 기분 때문인지

귓속으로 들려오는 노래에 사색 되어
헷갈리지도 않고 중독되었고
큰소리로 웃고 싶으면 웃고,
때때로 반복되는 음악의 리듬
이미 따라 느끼면서

칠십을 넘긴 밤

인연의 시작은
입맞춤이던 때부터
그렇게도 쏜살같이

풀밭에 뽑히지 않는
억센 풀을 뽑으며
그때마다 한 살씩

오랜 세월이 흐르도록
잠결에 손 잡아줄
변하지 않을 한 사람
가슴속에 살아있음을

우러러 하늘색 보듯
향기 퍼트리는 꽃봉오리
환하게 웃기만 한
오래된 고운 빛 사랑
어느덧 등 돌려 날아가

지루하기도 한 달빛
밤에는 무슨 소용
이젠 남보다 못하고

스스로 사랑한 지난,
이슬 맺힌 시간 담아
따라오는 하늘을 본다

살구

아침 노을빛에
붉은 뺨 더 붉어져
얼굴 쳐다보네

나무에서 떨어진
어젯밤, 눈치채고
끄집어 내리겠네

그녀는 봄

햇살이 맑은 날
잠들었던 꽃은
샘터에서 피어나고
봄이면 창 너머
그녀 눈빛으로 피어나

초원으로 나를 감싸고
높이 보이는 산과 들
그녀의 아름다운 눈빛
온 세상 반겨줄 하늘빛

새하얀 아이리스

늦은 봄날에
우윳빛으로 새하얗게
치장한 모습
양귀비꽃보다 어여쁘고
하얀 꽃잎은 눈부셔

해그늘 따라서
나비가 꽃잎을 뿌리고
꽃잎 속에 사랑뿐,
말없이도 그 자리 짧다

2부

찻잔에 남겨진 느낌

아무 생각도 않고
때때로 숨겨 두었던
그윽한 석양이 펼쳐져
따뜻한 찻잔 속에
그리움 더듬던 기억
입술을 맞대고
마주 앉은 낯들이여

그림을 사냥하는 화가

초저녁 붉게 물든
장미 잎사귀 하나
아스라이 올려보며
달아오른 마음이여!

세월이 지나면 지고
그득한 기억 속 여행
한껏 피어났지만
잡아 보지 못했던
꽃사과 같은 햇살

기다리던 세월에 묻혀
새롭게 사냥한 그림 앞에서
날개 사이사이 펼치고 날아가듯
타박타박 혼잣말 떠돌고

그림과 하나 될 수 있다면,
펄펄 끓는 찻주전자
애끓는 홍차를 끓이고 나면
무지갯빛으로 빛나는 봄빛
행복한 마음 덧칠해 준다네

서울을 달리는 지하철

마치 내가 끝없이
오랫동안 달린 듯한 느낌이야
하루에도 몇 번씩
속절없이 쏟아지는
살짝 데친 졸음이 멋쩍게 하고

멍하니 바라보이는
창밖에 재빠른 모든 것들이
바글바글 거품소리 숨어버리면
살맛 나는 곳 하늘 쳐다보다가
한강 눈물 고여 흐르고 있다

노란 넝쿨장미

푸른빛 오뉴월이면
담벼락을 휘감고
돌아서 담장을 훌쩍 넘어
오랫동안 얇은 꽃잎

눈에 가시지 않는
화려한 쉬폰 블라우스가
울컥 울컥 걸쳐져 있다
가슴 찢어지는 그대 가까이
미혹의 향기 눈길만…
손을 뻗어 나를 들여다보는
저녁달 따라 감출 것 같아

범어사

긴 세월 넘실대는 바람
길 비켜 가는 바람결에서
발밑까지 삶 간절해지고
다소니 차오른 위안으로
내리기를 엎드려 바랍니다

날씨는 찬데 온몸 퍼지는
담벼락 붓꽃 향 흔들리며
흔적 세긴 은행나무 아래
홀연히 마음 따듯해집니다

하늘은 숭고한 바램을 안고
오직 바람만이 닿을 수 있기를
멀지도 않은 서쪽 기슭에는
낮달이 별들 아래 눕기 전,
숙연한 금정산 젖 물리듯이
오직 바람만이 빛을 냅니다

풍다우주(風茶雨酒)

흔드는 바람에 날 저물어
비가 오려 하는데
술 한잔 잊을 수 있겠는가

그러다 내 언제 그랬냐며
살포시 마주 닿는 밤
새살새살 돋는 그대 맘 되리

모정(母情)

오래된 골목길 따라서
초저녁달이 보배로와
무수히 내 몸을 비추던
길 위에 약속이나 한 것처럼
되새기며 별 탈 없기를 기도하고

산 너머 저물녘 바라보며
손 뻗어 노란 달 따 안고서
할 말 대신 사랑했을 테지

들어서 아는 계절 생각하면
이제는 검은 머리 희어지고
사랑도 오래 베푸는 것을

나 또한 생명 같은 애타는 모정
되새겨 별 탈 없기를 기도하고
모두들 행복이 있다고 말하기에
손등 어루만지며 카네이션 품으리

여보

오늘도 되돌아오는
물결치는 파도 소리 넘어
저기 저 기울고 있는 달

아주 오랫동안 온 하늘에
내가 사랑하는 당신의 이름
찬란히 달빛 속에 머물러

오늘 밤 고요히 방문을 열면
가엾은 한숨처럼 부서지고
때마침 뜨거운 손길
운명으로 사랑하여 주오

그리고 우리 마음 훗날에도
예전만큼 함께 바라볼 때면
첫사랑 당신과 노래하며
오, 봄볕을 쬐고 싶구려

입하

서쪽 반짝이는
호수는 햇볕 속
증발해버린 바람,
시냇물은 흘러
밭고랑 사이사이
연푸른 어린 몸

모두 고개 들어
잠들지 못하는
기나긴 여름밤을,
봄을 잊듯이
타오르며 노래하는가

꽃, 양귀비

해비가 내린 자리에
붉은색 수놓은 꽃잎
그 여미는 가슴속에
가까이 만져 준다면

깊고 깊은 마음은
기다리는 임 내게 와
아름다이 퍼지는 향기

그대로, 꽃잎에 취해
떨리는 꽃에 닿았을
뜰 가득 황홀함이여

여

오월의 얼굴이 겹쳐
푸른 파도 멈춰지고

온몸 부르튼 얼굴
안으로 솟은 빈 돛대

그을린

바윗덩이 속

한 굽이 돌아가는 인생

*여: [명사] 물속에 잠겨 보이지 않는 바위.

외양포 포진지

내 몸이 엉겨 붙은
지독한 무덤 하나
비 젖고 까만 상처
처량한 꽃잎 쳐다보네

삶 저편에서
풀벌레 울음소리 아득히
하늘 자락으로
쓰린 맘 떠내려가는 것을

아련한 내 모습

앞선 시간 속
꺼낸, 표지가 빛바랜
두툼한 앨범 안
그 낡은 시간들이 담겨

봄빛 하늘
빨갛게 물들이고
머릿속을 휘돌아
추억되어 부른다

달빛이 보고 싶듯
예전에 돌고 돌았을
같은 표정이 맴돌고
지난날 다시 되살아나

어여쁜 꽃잎이었을
웃음 띤 꽃잎 앞에서
나의 모습 아름답다

광안리에서, 봄

그대여, 눈에 비치는
붉어진 새벽빛 광안리 바다
살갗이 터질 듯 수평선 그리고
덧없이 붉은 꽃 활짝 피어나듯
밤늦도록, 포말이 부서지면
가득 차 치솟는 해 떠올라요

홀로 가슴에 남긴 심장소리
젖은 모래 위에 그리움은
머뭇거리며 부는 바람인지
그 이름 써 놓고 외로이 삼킨 파도,

느지막이 나의 그리움으로
미소 하나 짙어지는 오후
그 뒤로 쓸쓸해지던 향기처럼
내 곁에 남은 광안리 바닷가

그대와 무릎 꿇고 머물렀던
봄날은 지워버리지 못하고
속마음에 남겨진 이야기
한 편의 시 되어 날아가 버리겠지만

문득 광안리 바다 저 끝에
포개지는 그대 이름, 속삭일 때
나직이 봄비가 내리면 흩어졌던
후회, 그대 눈빛으로 띄웁니다

언덕 위 청담헌

서성이는 바람이
멈추어 내려다보이는
마지막 언덕에
꼭대기 달빛 속
감꽃 숱하게 내려앉은
청담헌의 타오르는 시간들

푸른 잎은 잎으로 머물러
가슴 휘몰아치는
갈바람, 머리칼 쓸어올리면
왜청빛 달 밝은 밤
바라볼 때, 기슭에
빛조차 얼마나 아름답길래

산들산들 부드럽게
다시 찾아올 눈길 기다리며
아른거리는 강바람
스쳐 지나는 서풍아

마치 빛나는 당신을 본 듯
능선 따라 밤하늘에 걸린 끝없는 별,
그 푸른 빛에 머물러

싹트는 봄비

꽃송이 사이로
봄바람이 불어올 때
기억을 터트리듯
사방이 너뿐이다

봄비가 와서
아픈 꽃잎을 때리고
곱게 벌어진 꽃잎 사이로
빠져드는 초록잎 새 향기

문밖에 밤새 들리는
빗물소리가 기억들을
데리고 떠내려가듯이

찻잔에 남겨진 느낌

아무 생각도 않고
때때로 숨겨 두었던
그윽한 석양이 펼쳐져
따뜻한 찻잔 속에
그리움 더듬던 기억
입술을 맞대고
마주 앉은 낮들이여

여기 둔 내 가슴
숲을 헤매이면서
찻잔을 비울 때까지

아무 말 없이 비운
찻잔이 아직 따뜻한데
구석 자리에 앉아
지나간 나를 흐트러뜨린다

아로새긴 마음

괜히 글썽이며
살다 보니 시간은
11년이 흐른 후,
가끔 봉안당에 와
아버지께 이제는
말하며 웃어 보입니다

허공에 길들여져
어떤 것도 물어본 적 없이
먼발치에서 자란 그때,
당신의 성에 차지 않아
불같이 화만 내셔서
마음에서 지우고 지울
흠인지도 모를 떼어진 시간,
채 끝내지 못한 말로 아버지
손에 작은 손수건조차
응시하지 못해 태운 기억들이
습지에 비가 오듯 이어집니다

다시 애끓는 바람결에
떨어지는 눈물로 미뤄왔던

꾹 참았던 베어 문 말,
시집와 어렵게 지내며
뭉툭해도 불러 보는
쓰디쓴 마음속 '아버지'

초록빛 한 그루 나무 아래 서서
비로소 제대로 불러 보는
마음속에, 나의 '아버지'
푸드득 날아간 바람이
멀리 떠나면 용서할 줄 모르고,

숱한 한숨으로 가붓대듯
아버지께…
"더, 다가가지 못해서, 죄송합니다"

갖은 애태우던 지난날들
서늘한 바람 불면 스민 눈물방울
사랑받고 싶은 맘, 오래 걸렸지만
저녁놀 향해 바라보는 아버지,
입 크게 웃으실 얼굴이 또렷합니다

전쟁의 아픈 마음을

보라, 하늘 아래 나란히 핀
복사꽃 수선화 민들레들,
봄꽃 흐드러져 피어나 있는
내가 사는 여울진 마을 곳곳에
조각구름 조금씩 흐르고
거리에는 보드라운 동풍이
한들한들 건듯 불어오는 소식을 전해준다

나의 어린 시절부터 푸르름이
더해 가는 저 산에 졸졸 졸졸
설레게 흘러내리는 계곡 물가
곁에 머물며 손 모양을 비추어 보았네

4월 중순 비 개인 날이면
이 세상에서 가장 아름다운
그녀의 눈빛을 삼킨 무지개는 기쁨,
이처럼 일상의 예쁨을 알고 있는 세상이다

언제쯤일지도 모를 흘러간 시간들
끝내 삶을 더 잇지 못하는 생각 때문에
흔들리는 촛불로 하늘이 보이지 않는 날

우리 서로에게 유난히 힘겨울 그 시간
나라와 시대를 걱정으로 뛰어넘는다면
시련으로 원망할 곳에서 죽어 갈 그들은,
이 세상 찢어지게 아픈 미래가 아니겠는가

봄날을 물으신다면

저 산에 누가 사는지
소란스러운 마음을 짓고
흔하디흔한 일렁이는 바람
무슨 일로 떠나왔는지

뽀얀 속살 보일까
치마가 살짝 들리는 탓을
자유롭게 부는 바람이라며

높은 산꼭대기에서
불어온 이방인에게
하룻밤 잠자리를 펴 놓는다

사랑을 주고 싶은 공작새

잰걸음으로
눈뜬 미로의 인생
빠져나왔다 보면

하루만 피었다 지는
잎도 피우지 못한
평생 스치운 사랑으로

내가 가진 것이라고는
사방에 벽이 눈앞
나의 일부를 막아서

해와 달 보며
구석구석 예전 기억
뒤돌아보아도
그 가슴을 모르겠을 지금

사랑밖에는 아무것도 없는
소롯이 당신을 본 이곳에서
그대 좋아하신다면
불꽃처럼 감싸안고 싶어라

가녀린 봄밤

잠들었던 새벽
밤새 눅눅한 비가
사흘 밤 또 사흘

느지막이
외진 숲
퍼렇게 멍든 달
숨어들었고

애꿎은 못된 가슴
이대로 잊듯이,
나를 증발시키고
뒤숭숭하게 만든다

봄을 기대고

만 갈래 반복하던
싹이 잘 안 나는 땅속에서
조바심치던 어느 날
떠도는 잎사귀
작은 떨림으로 써 내려간
서사시 달빛 적시며
진득하게 세월은 다시
반듯하게 열매가 나올 때까지
심장소리 어지럽게 반복하였음을

남몰래 붉게 타는
너울지는 그리움을,
온몸 내어주며 누벼오는 기억 하나
오, 땅속 틔는 양지녘으로
푸르게 푸르게 내리쬐는
꿈틀거리는 뜨거운 햇볕
거기 뛰노는 아이들에게도
단순히 그렇게 듬뿍, 사랑으로
가지마다 화사하게 빛나는 봄

가슴 속 우물

그게 그렇게
깊고 낮은 곳에서
저녁연기 속 그림자처럼

잊으려 비우고 버리려
가슴에는 떠오른 물병
차곡차곡 쌓여지고

언제일지 모를
날카롭던 가지마다
따사로운 봄빛
내 고귀한 집에 깃드는
생물처럼 넉넉한 것인 줄

여윈 고뇌의 가지 끝으로
하늘에 바람이 파도칠 때
남겨져 매달리겠지

3부

햇살 좋은 뜨락에서

어느 날 행복했던 순간
한숨, 반복하면서 떠올려
오직 사연 한 줄 남기고자
짓밟고 싶지 않게 살아나

마침내 활짝 핀 꽃을 보러
따스한 마음결 체온 곁으로
내 처음처럼 바라보리라

입춘이 오고

이윽고 약하게나마
어진 바람이 불어오면
차갑게 자줏빛으로
변하던 맞잡은 손끝
핏기가 어느새 사라지고

세상 새끼손가락 걸고서
그때 깨달은 것처럼
이 땅 안팎에서는 천금 같은
비가 대지 위를 다스려요

깊은 잠

이른 새벽녘
나뭇잎들이 흔들리는 소리
산고양이 우는 소리
새가 지저귀는 소리
비탈길 아래 살얼음 깨어져
시냇물 흐르는 소리

밤새 소복이 내린 눈
살고 싶어 새롭게 시작하는
마음 얼마나 힘들까?

이렇게 생각하면서도
하루를 음미할 틈 없이
어둠 속 온기 나는 온돌방
두툼한 솜이불 덮고
이 밤을 여행할 때
아침까지 잠드는 것이다

햇살 좋은 뜨락에서

보아라 평생토록
겉으로는 저 입의 함성
목소리라도 들으며
유독 거부할 몸부림조차
눈발도 하얗게 하얗게

그때부터 그리운 미덕
들려오는 말들 때문에
뼈마디마다 무능한
선택했던 내 인생에서
격렬하게 후회할
굳은살이 박인 일들로

어느 날 행복했던 순간
한숨, 반복하면서 떠올려
오직 사연 한 줄 남기고자
짓밟고 싶지 않게 살아나

마침내 활짝 핀 꽃을 보러
따스한 마음결 체온 곁으로
내 처음처럼 바라보리라

아늑한 묵은 집에서

예전부터 나는 단숨에 전국의
산 위를 걸으며 안 가본 데가
없었고, 두 발로 뛰는 육상 선수

눈발이 차고 아리기까지 한 날씨
턱이 덜덜 떨려서 말 못 할지라도
그 시절 떨리는 발로 절실하여
심장이 터질 것만 같았는데,

하세월은 얼굴로 솔직히 뛰어와
나도 모르게 진통제를 놓은 듯
가파른 호흡 멈춰 버린다 해도

식구처럼 따뜻한 온기가 감도는
분홍색 쿠션이 있는 따뜻한 집에
누워서 비할 바 없는
예전 모습 떠올려 보고

좁아도 넉넉하기만 한 묵은 집에서
지워지지 않는 지난날들
되살아나 떠올려 본다

운명의 친구

장밋빛 입술과 뺨
곱게 화장한 얼굴
상큼한 연록빛
치장한 봄이라네
옷깃에 스치는
매서운 칼바람마저
너무나도 반가워
눈물이 날 뻔했어

세월의 어릿광대
굽어진 마음은
밤하늘의 뜬 별
가슴에서 알 수 있어
마치 30년 전
진한 향기처럼
그 시간이 딱
멈춘 것 같아

친구여, 더 값진
무엇이 있다면
단 한 번일지라도
진실된 마음 하나
짧은 몇 시간,
이토록 깊게 보면
생생하게 살아난
모든 웃음이 좋았고

그리고
변하지 않고서
정다운 이야기
지금껏 나누었으니
아까울 것이 없겠네

나의 모습

마당에서 올려보면
한갓진 가지 끝으로
휘어진 달빛 불 켜고
아침에 일어나 보면
내내 거부할 틈 없이
숨소리 무게가 천근
비록 재생되는 그 밤

환절기 꽃잎 지는
부질없는 약속을 떠나
언제나처럼 흩어진
낡은 그림자 따라간
몸부림조차 힘들어도
지상에서 바라보는 것

이렇듯 감내해 온
나날의 아름다움을 보고,
나는 석류처럼 터진다

가시 돋친 선인장

봄은 왔건만
언제 끝날지도 모를
깊숙한 목마름으로
다시금 삼켜버리고
빛없이 쓸쓸하기만 하였다

하지만
빛에 쌓여서 내미는
화려한 꽃다발
얼마나 황홀하였던가

독감

겨울의 나른함이
감돌던 난 약을 먹고
아직 해도 지지 않은
늦은 오후였지만
수일간 잠은 쏟아지고

햇살 가득한 나의
집에 숨어 감싸안은
아픈 지친 몸
꾸벅 또 꾸벅
바람 반대편에서
영혼은 잠들어버렸다

떠나가는 달빛

툭, 올려진 사진 한 장
흙때 묻은 오래된
산수유나무 같아

마음은 온통 들고양이
거친 숲속으로 들어가
이내 숨어버릴 것 같아

갈라진 흙밭 사이사이
풀밭에 풀 종일 뽑아,
달빛 가까이 걷고 있다

기억, 남은 향기

아직도 생각나는 건
식당 밑반찬을 준비하느라
무척 고달프시던 엄마 옷,
몽글몽글한 봉오리가 맺힌
사춘기를 보내던 시절
말을 걸어서는 안 될
향기조차 남이 알까 봐

세상 사는 법일지라도,
몸 또한 엄마한테서 나던
위태로운 온갖 반찬 냄새
씻어서 번갈아 입었을 뿐
섞인 냄새는 다 뒤덮여
새벽녘 지천에 눈이 내린다고 해도
왜 이리 잊히지 않고 구구해

황금색 껍질이 터진다 해도
덮어씌우려는 것일까?
겹겹이 옷을 입을 때마다
시달려 내게 와서 닿는
소중한 그 향기
차마, 비워낼 수 없음을

겨울바람

덜컹덜컹 창문
덜컹거릴 때마다
마치 재잘거리듯
창문 앞 닭이 운다

어스름한 어둠
한밤중 이상하게
먼 그대를 부르는
바람소리 들린다

제주도의 누운 바다

새벽하늘 적시어
성산포에 바람 부는 날

밤낮없이 물소리 따라
불어대는 바람을 잠재우려

파도소리 스며있는
그대의 어깨너머로 보네

겨울 제주도

그리움은
아직도 떨리는
그 향기가
그 숨소리 남아

그날 밤은
철썩이는 그리움
푸른 깃발은 아직도
보고 싶다는 물결로

낮은 담장 넘어
번지는 물길로
한눈에 읽어도
파도에 밀려

한없이 부서지는
마음 지워질
때처럼, 황금빛
이대로 무엇일까

제주도 달빛

어딜 가도 저무는
빨간빛 해는
외로이 바다에
홀로 떨어지네

드높은 곳을 비상하는
기러기 날갯짓에
가랑잎 떨어지고

높이 나는 새는
달빛 가까이 훨훨,
제주도 풍경을 띄운
빛나는 달빛

제주도 달빛 빼앗길까
지난날은 황홀했던가
조용히 거닐어 본다

한라산 오르며

붉어져 가는
미소로 새날이
아름답게 밝고
멀리서 보이는
등선을 넘어선,
걸음마다 깊어진
마음과 벅찬 숨결

서성거리던 발길
헷갈릴 머릿속에서
회상되었던 바람
세차게 불어와
마뜩잖은 미련
머물지 못하고
종잡을 수 없는 구름
허공에 걸쳐놓으리

추위에 떠는 풀잎 하나
흔드는 생각마저
가슴 뜨겁게 여기지
못하면 오를 수 없는 산
아직 가보지 못한
먼 곳 어디 있는지,
미로 같은 발걸음
먼 길 따라 내딛는다

돌아오는 새벽

살아갈수록 인생은
하루하루 복되게 새로움을
안겨주고 인사할 때
언제나 피어나는 것

동녘 하늘 틈 사이로
드러난 해를 껴안고
어느 화가처럼 담담히
갖가지 그림을 그리네

상강

떨어지는 낯익은
귀뚜라미 소리
시나브로 거머쥔
가을바람 타고
흘러가는 날들

마음 놓친 시간
섬이 되어서
하염없이 촘촘히
박히는 감정,
새 날아가는
서울 한강변으로

한눈에 펼쳐진
숱한 변화들의
생명, 서리 내린
날 오시는 것이다

가을 고백

꽃단풍이 붉게 물든
단풍나무 아래서
누구를 기다리나

어느 새벽 종소리는
아득히 오래오래
기억을 떠오르게 하고

한 뼘 가까이 비친 달은
말 없는 그대를
생각하며 떠 올리고

내 가슴속엔 그리워
다시 비추는
고개 숙인 벼 이삭처럼
서로 바라나

임을 향해 가는
영원한 가슴 아득하여
지울 수 없구나

단풍 연정

어디선가
꽃잎 진 햇살 아래
마른 가슴 설레어
선한 눈빛에
눈시울이 눈물로
쏟아지는데
어찌 아무렇지 않게
그림자 같은 모습으로
살 수 있을까

나와 그대가
홀로 거니는
마음에는, 벌써
여린 흰 눈이 내린다

모순적인 계절

어느 날부터
느릅나무 열매는
조금씩 시들어
고개 숙인 채 아래로
툭 떨어졌고

구멍 뚫린 낡은 집
사이로 사이로
조마조마하게
들키지 않게,
스며드는 내 눈물
마음에는 벌써
죽음의 시간조차

빛을 잃은 눈발이
이별하듯이 흩날리는
10월의 마지막 날
마음의 상처는
가을볕에 그을린
모진 얼굴만큼이나
걱정하는 그늘이
남몰래 드리워져

구름 사이 너머
눈 시려오는 바람결에
한 조각 흰 구름
곁을 떠가는데
이럴 땐, 노쇠한
시름이 가득 고인다

유혹하는 커피향

오늘 아침엔
빵을 노릇하게 굽고
방 안 가득 고요 속에
설레는 마음 더하는
분수처럼 퍼지는 향

나를 아니면 당신을
엇갈리게 하는 내음
언제나 얘기를 나누며,
이제 내일 아침까지
남아 기다려야 하나

그 표정

일월이 오면 그곳,
휘영청 가지 끝으로
바람이 흔들리는
갇힌 기억의 메시지
그 어느 누구와도
말을 멈추고 싶은
말을 안 하고 싶은
무표정한 모든 위로
비워 버리고 싶은 날

나를 미치게 하는
시간, 그 사람 옆에
꽃잠은 흩어지고
달이 커지듯 고요히,
아낌없이 끝에서
다시 못 채울 보고픔
붉은 볼 앓아버렸다

자연의 빛

기다린 꽃잎들이
가쁜 손 다듬었을
푸른 봄 좋을 만큼
하늘빛 풀빛 불렀다

바라본 산머리에
때맞춰 닿아진 달
감꽃이 피고 지고
살아나 한없이 고운 빛

보랏빛 잊을 수 없는
꽃잎이 핀 고운 정원
떨구는 꽃잎 하나 없이
찻잔에 꽃물 들일까

4부

흰 국화를 놓으며

부는 바람에 사무쳐
떨어지는 꽃잎이 슬퍼 우는 당신
뒤돌아보는 지난 시간 속에
당신 눈으로 볼 수 있었던
찰나 속의 영원처럼 사랑했다

말 한마디

헤어질 줄 모르는
한 줄 두 줄 늘어나
돋아난 말은

하현달 끝자락
느티나무 아래서
소곤대더니

풀 뽑듯
광목 저고리
올 풀려나가듯
조금씩 조금씩
소금기 절여진 신세의
그만인 말들을

어쩌다 가는 나무에서
떨어진 이별의 서러움
질리게 천천히 견디지

경청

햇살 비추는 나무마다
수줍게 붉은 단풍의 계절
잊어버린 그리움을 줍듯
사랑스럽게 다가오는 가을

깊은 터널 저 끝나는 곳
빛이 보이고, 서로가 서로에게
새로운 위로가 되고 힘이 되는
가을 향기 두드리는 곳에서

귀를 열고 마음 열면
맑게 개인 밝은 하늘처럼
묻어둔 그리움 꽃 피우는 것

서로가 주고받는 대화
숨 쉴 수 있고
서로가 눈으로 주고받는 대화
아름답게 들릴 수밖에

흰 국화를 놓으며

화요일 어두운 밤
맺기 어려운
꿈속 당신이
내게 찾아오시길

밝혀주던
어둠 그 별들이
사라지고, 늦었지만
사연 많은 화살은
날, 쏜살같이 맞추어
숨을 거둔 별똥별

왜 있지도 않은
한 잎 피어난 꽃으로
사랑한단 말은 아름다워도
짧은 하루는 그로부터
굳어버린 입술

부는 바람에 사무쳐
떨어지는 꽃잎이 슬퍼 우는 당신
뒤돌아보는 지난 시간 속에
당신 눈으로 볼 수 있었던
찰나 속의 영원처럼 사랑했다

보고 싶은 당신,
이제야말로 엄숙히
침묵으로 들려오는 말들
가득 차오르는 당신의
헝클어진 걱정스러운 숨
우리만 아는
어느 순간은
당신과 나눈 진심 있는 한

우리 서로 붙잡고
날 보러 두 뺨에서
흐르는 가진 것 없는
먼지 덮인 이곳에
오시길 바라며

당신을 잊지 못해
사라지지만 늦은 계절
마음 스쳐 지나가는
나를 실어 보내는
거먹구름 흘러갈 때

방황하는 밤하늘 별빛
전율하는 새벽녘
저 먼 곳으로 떠나는
슬픔에 이를 때까지

안개가 내린 하루

산복도로
잃었던 길을
찾아 걷기라도 하듯이
골목길 가장자리에서
나름대로 몸을 낮춘
고양이 녀석과 나란히
걷고 있는 기분은

길들을 마음에서 지우고
다시 새벽, 찬 바람결에
돌아서 보아도
설레지 않는다

해운대

초겨울 기억 밖
거짓 없이
가만히 바라보는
해운대 앞바다

보얗게 보얗게
무리 지어
일렁이는 파도
진실한 채
쓰다듬고 이끌 때

찰랑거리는
몸짓으로, 빼곡히
해안선을 따라
어디론가 떠나

별과 별을 그리듯
홀로 이렇게
종일 바라만
보고 있다면
날 잊지 말아요

아, 속삭임으로
드리우는 그대여
오늘 어쩌면
날 보고 있을까요?

수줍은 사랑

서녘 빛 드는 날
하늘 닿도록 내게 온

이렇게 뭔가 아쉬운데
맑은 향기 차오른
내 가슴은 이리도
설레며 붉어져

그대의 화원에서
긴 밤 달아오른
명월을 바라보며

그림자를 지우고
하늘의 커다란
별똥별 되어서
온몸 덫에 걸렸을 때

우리 닮은 시간
이대로 함께한다면,
모든 것이 사랑스럽다

해운대 동백섬

해길빛 하늘
비상하며 나는 갈매기
희디흰 사람들은
온종일 환하게
비추는 연빛 눈빛으로
빠져드는 생각

아름다운 동백섬
여름 끝까지
유리처럼 반짝이고
끝내지 못한
떠나지 않을 듯한

나 같아서 되비친 맘,
파랑 제 빛깔
머금은 파도 밀려와
한여름 내내 생각해

부산, 달맞이길

한낮에 태양은 은빛
순간 자욱한 안개 속에서
다시 못 채울 아름다움

우린 서로 꼭 껴안고
밀어 보낸 뿌연 썰물
파도에 목이 잠기어
해그림자 뒷모습 보일까

멀리서 읽어주는
잃어버린 조용한 편지
그 고운 언덕길이며

가서는 오지 않았던
비바람에 쓰러지며
한눈에 읽은 편지

그래도 이제 다시
그리운 길 너머 번지는
바라보는 묻힌 임을

느지막이 그대 없는 하늘
한 아름 달 오른
그늘 속의 길 바라보고 섰네

라일락

눈 뜨면 창밖
조그만 내 뜰엔
하얗게 활짝 핀
꽃이 춤을 추듯
하늘에서 눈처럼
새하얗게 수놓는
꽃잎을 날리고 있다

꽃향기에 떠도는
아쉬운 마음은 첫사랑,
부드럽게 입 맞추니
바람결에 라일락 향기
사라지기 전에

그대여 꽃처럼,
이것이 바로 사랑이에요

시든 목숨

마음이 불안하고 무거워
가슴은 침울하고 갑갑하여
어디로든 가보고 싶었다

말 말 말, 정신없는 말들,
그 말들이 무슨 소용이라고

내가 그렇다고 해서
하얀색 알약으로 목숨을
잃어버리면 아무것도 아니고

나는 아무런 대답도 하지
않고, 아무 말 안 하는 건
이미 묻혀 아프기 때문이다

아는 수치심으로 목숨을
이곳저곳 뿌린다면 안될 일

어김없이 유독 사람들은
정말 미안해하지 않는다

꼬막 이야기

상현달 비추는
한숨의 계절
초저녁 파도
하악 호흡하고
내게 남은 날
오늘뿐이라면
어딜 가도 조그만
몸짓으로 하는 말
절절매는
갯가의 모래도
다 실어 데려가

참을 수 없는
얼마 남지 않은 몸짓으로
애써도 속 좁은
없어질 생각
곁을 늦추고픈
간절한 마음으로
천천히 눈을 떴다
짧은 운명처럼
갯벌 이야기로

하다하다 할 말 없이
숨이 끊어질 듯한
의식 없는 얼굴
조용히 감기는
붉은 피맛으로
일기를 적시며,
꼬막은 아랑곳 없이
결국 숨을 거두는 것을
아무도 모른다네

입동

메모지와 볼펜을 든 손
까만 눈, 아주 까만 눈으로
차디찬 밤하늘 초롱초롱한
별빛 입고 마음 올려다볼 뿐

타오르다 떠난 길 서성거리며
고즈넉이 들리는 저음의 소리
닿을 수 없는 당신을 기억하나

물러서지 않고 고집 피우는
바람은 끌어안을 수 없고,
식탁 위 와인을 앞에 두고
밤늦도록 같은 곡만 연속해
노래 부르는 것도 좋겠다

혼자 잠이 덜 깬 이른 아침
한 뼘 따뜻한 이불 속으로
이미 슬그머니 파고들겠지

성탄, 그리고 아버지

어스름 흙길 따라
안개바람 하늘 위
아련히 머무르는
새벽불 꺼진 밤
보이지 않는 눈을 비볐다

허공을 날개 치는
꿈속, 저어 저어
시간을 다 잊으신 듯
엄마는 외로이 당부하신다

명을 달리하신 아버지께
망자의 새 옷으로 굳이
태워달라며, 맺힌 슬픔
악착스러운 걱정까지
부득이 숨죽여 말하고
목메어오는 그리움

오랫동안 보고픈 아버지
안개바람 위로 흩뿌려져
생전 곁에 계실 때
편향된 기억들

한빛 번지는 눈길로
저물지 않은 달 보며
아득하게 그리웁다

저 멀리 떠나가신
들리지 않는 곳으로
먹구름 흘러간 세상,
잠시나마 안부를 묻습니다

아버지 영정사진 앞
아무도 모르는 마음은
숨어버릴 것 같은
붉게 물드는 하늘

더듬더듬 눈길을
걸으며 이제야
막막한 하늘 숨 멎은
가슴은 온기 없는 겨울

명절 같은 성탄
하얗게 눈이 내리고
말을 빌려온 갇힌 생각
저 무모한 하늘 위에 띄워

비통한 구름은
잡지도 못하고
정작 다가가도 멀어져
살을 파고도 한쪽 가슴
얼음장 밑으로 흘러갑니다

빨간 눈으로 충혈된 햇살
윤슬 같은 시선은 바람에 퍼져
진실한 체 하며
마치 살아있는
사람에게 말을 걸듯이
내 아버지에게는 인생의
짙은 진심을 말한답니다

임랑해변의 파도

날 세운 파도는
다시 또 다가와
여운을 남기고 있다

새벽 깨끗한 물
떠 놓고 비시던
엄마 모습
새삼 떠올라
속 삼키며 바라본다

화창하게 갠 날들
마음 짓누를 때,
요양병원에 계시는
보이지 않는 엄마
혼자서 뭐 하고 있나?

오늘따라 아프게
근심이 되어
한숨만 나오는 파도
바라다보며
쉬세요⋯ 어리석은 말,
남아 흐느꼈을 이야기

흔들리는 눈빛으로
언제까지나 살아나
남몰래 소리치는 삶

홀로, 원룸

언덕길 이어지는
하현달 뜨는 길가
아침이 파랗게 젖어도
훔쳐보는 이 없이

어쩌면 우는 건지
모두 두려워하는 건지
항문 쪼그라들어
감추려고 하는 건지

세상사 힘들어 갈 때
눈치껏 볼품없고
생사 초월한 것인지

아니면 도로 위로
지글지글 사는 맛,
보이지 않는 햇살
한숨만 나오더라도

늦추고 포기 못 한
낯선 희망 품은
새로운 갈래길인가

겨울이면 숨어버린
졸고 있는 초저녁에
주렁주렁 생각나는
외가의 초가집처럼
생각보다 아늑한 곳

부고(訃告)가 오고

휘어진 바람이 닿는 곳
한평생 남겨진 뒤안길에서
힘들게 안타까운 괴로움으로
살아 있는 마음은 미안함입니다

급히 혼자 건너지 못하는
시간의 원망스러운 마음,
걷잡을 수 없어 고통스러운
남은 감정으로 목이 멥니다

하얗게 주린 3월의 먼 길에서
살구꽃만 피우고 이내 그렇게
한바탕 울리고 홀연히 가십니까

다시 한번 말하고 싶은 건,
죽음이 슬픈 것보다 추억과
사랑이 남겨진 미련한 감정입니다

온 가족이 모여 지난날
알아주지 못했던 그 마음을
잠든 어둠이 내게 묻히고
후회와 가혹함이 묻어나 터집니다

이내 녹지 않는 후회가 마비되어
끝없는 눈물이 덮치는 기분입니다

이대로 보내는 완벽하지 못한 인생
슬픔 흥건한 어지러운 초봄입니다

먼 길을 가시는 발밑에
찢어지는 회환의 눈빛들
부디,
한 생의 봄날을 건너 환생하소서

무늬하루살이

낮밤 훌쩍 떠나온
거센 바람 잦아들고
어쩌자고 그토록
오래, 내 가슴속에
봇짐처럼 떠메고

두근새근 눈 오는 밤
그 땅속에도
얼굴이 빨개지도록
죽도록 고백할 날

아직 하루 남았으니
인생은 때론 짧더라

솟구치는 후회

봄 되어 계절은
하늘로 날아오르는
던져놓은 새들처럼
거기 그대로
외치며 우는 구애

계절은 창공으로
하루로 묶어두지
못한 마음이라면

오는 봄마다
네 한 조각 뼈마디
부러트린 걱정

보이지 않는 봄
작은 배 한 척,
잊겠다 잊어주마
가라고 보내주마

복수초

파묻힌 꽃이
떨어진 곳에
내게 다시 와
사랑스러운 시를
올리듯 읊조리며
청혼한다 하더니

가슴에서 깨진
거울처럼 날카로와
내 마음속의
사라지지 않을 거란
틀어박힌 보금자리
하루가 다르게
회한이 반딧불 짓고

그가 남긴 봄날이면
떠나고 그뿐인
읽히지 않은 추억
그만 어긋나나

모든 게 그대로인 봄

달 찾을 수 없는 밤에
파르르 떨어지는
흙 속에 묻힌
화분 속 씨앗 같은
시들고 떠난 생각은

다시 떠도는
세월의 문을 열고
가까이 머무는 듯
전부 지나가고

어디서든 보들보들
멀리 있는 듯 보이지만
봄 하늘엔 꽃이 날아 가득하다

봄날의 자목련

붉게 물든 볕이 비칩니다
지나가는 봄바람에 끌려
마치
봄바람의 입김을 부는 듯
벚꽃과 한껏 피어나버린 배꽃
사이사이 보라색 꽃잎
출렁출렁 몸을 흔들고
그림자만 남은 빈자리
머물러, 되돌아보지 않고
한 번만 더
낮게 당신을 부를까

상상의 봄꽃

어여뻐 몰래
잔기침소리 날까
그의 가슴에 살포시 얹은 손

몇 번이나 기다리다
꾸벅 졸던 속 쓰린 가슴
단내 풀풀 나는 바람소리

가슴에서 버텨 부둥켜안고
혹여,
다가가는 마음을

가까이에서 빛이 날
꽃은 누가 흔드나

조용히 기다리는 얼굴

찬 바람 부니 그가 보고 싶었고
눈을 뜨면 밤하늘의 별은 높아서
깊은 하얀 기억이 스며올 때는
양지꽃 같은 따뜻한 봄 생각으로
올봄에 꼭 보자고, 보여달라고…
인기척이 들려올 것만 같았는데
그게 산이나 들에, 소중한 것처럼
감추는 얼굴 지지를 않고
그가 내게 말했던 것처럼
언제 나를 보러 오려나…

찻잔에 남겨진 느낌

허영화 지음

발행처   도서출판 **청어**
발행인   이영철
영업   이동호
홍보   천성래
기획   육재섭
편집   이설빈
디자인   이수빈 | 구유림
제작이사 공병한
인쇄   두리터

등록   1999년 5월 3일
        (제321-3210000251001999000063호)

1판 1쇄 발행 2025년 5월 16일

주소   서울특별시 서초구 남부순환로 364길 8-15 동일빌딩 2층
대표전화 02-586-0477
팩시밀리 0303-0942-0478
홈페이지 www.chungeobook.com
E-mail   ppi20@hanmail.net

ISBN   979-11-6855-339-2(03810)